1. LES PEUPLES JUMEAUX

MORT LINDEN

SCÉNARIO
ÉRIC OMOND

DESSIN
LIONEL MARTY

COULEURS
BEUZELIN

DELCOURT

Dédié à Anne

L.M.

Du même scénariste, chez le même éditeur :

- Toto l'ornithorynque (trois volumes) - dessin de Yoann
- Ninie Rezergoude (deux volumes) - dessin de Yoann
- Gus le menteur - dessin de Bodin
- Sang & Encre (un volume) - dessin de O. Martin

Du même scénariste, aux Éditions Triskel :

- Phil Kaos - dessin de Yoann

Dépôt légal : février 2000. I.S.B.N. : 2-84055-336-8

Conception graphique : Trait pour Trait

Achevé d'imprimer en décembre 1999
sur les presses de l'imprimerie Lesaffre, à Tournai, Belgique.
Relié par Ouest Reliure à Rennes.

www.editions-delcourt.fr

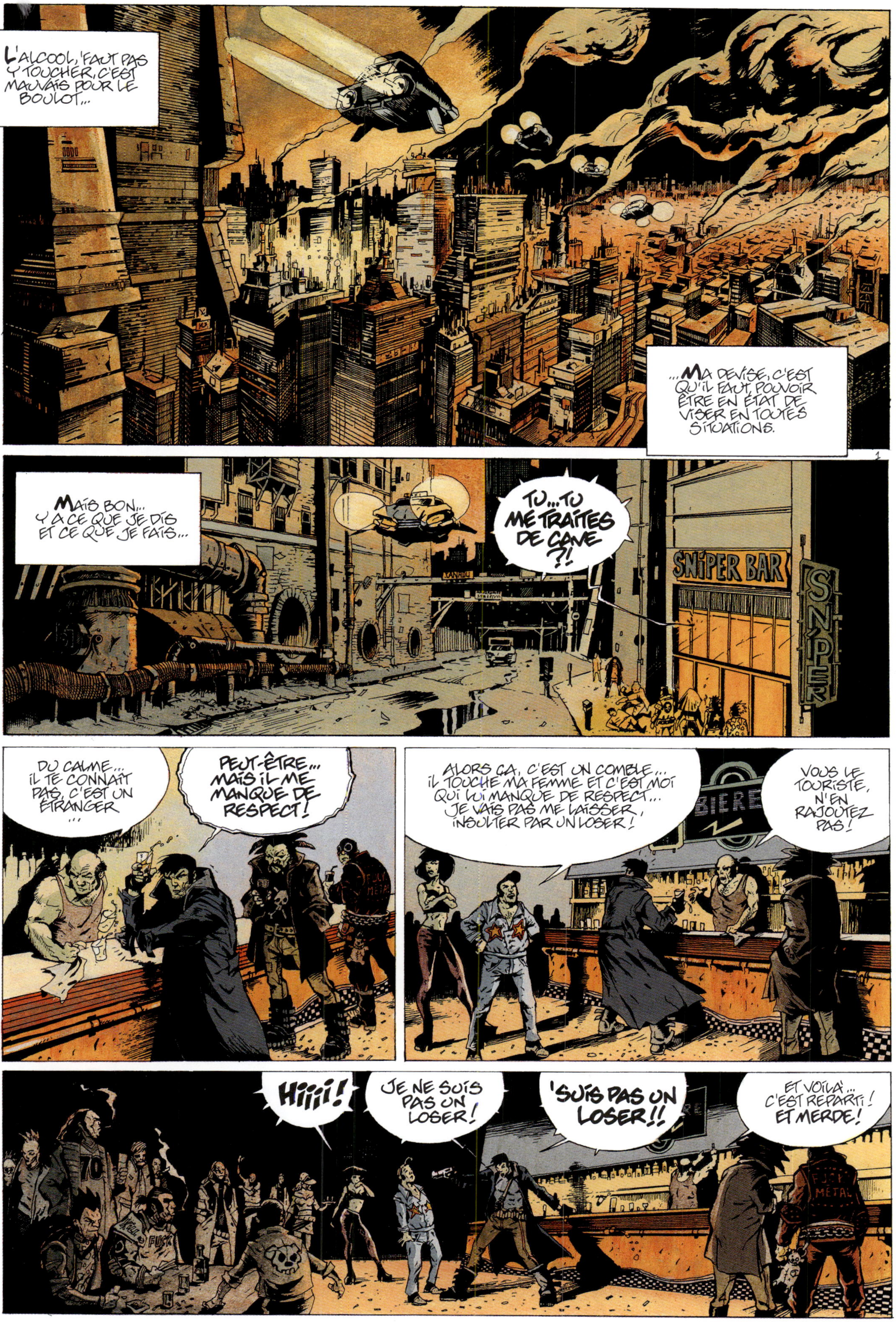
L'ALCOOL, 'FAUT PAS Y TOUCHER, C'EST MAUVAIS POUR LE BOULOT...
...MA DEVISE, C'EST QU'IL FAUT POUVOIR ÊTRE EN ÉTAT DE VISER EN TOUTES SITUATIONS.
MAIS BON... Y A CE QUE JE DIS ET CE QUE JE FAIS...
TU... TU ME TRAITES DE CAVE ?!
SNIPER BAR
SNIPER
DU CALME... IL TE CONNAÎT PAS, C'EST UN ÉTRANGER...
PEUT-ÊTRE... MAIS IL ME MANQUE DE RESPECT !
ALORS ÇA, C'EST UN COMBLE... IL TOUCHE MA FEMME ET C'EST MOI QUI LUI MANQUE DE RESPECT... JE VAIS PAS ME LAISSER INSULTER PAR UN LOSER !
BIERE
VOUS LE TOURISTE, N'EN RAJOUTEZ PAS !
HIIII !
JE NE SUIS PAS UN LOSER !
'SUIS PAS UN LOSER !!
ET VOILÀ... C'EST REPARTI ! ET MERDE !

ÉCOUTE TOURISTE, TU SAIS PAS À QUI TU AS AFFAIRE... JE SUIS MORT LINDEN !... ET QU'EST-C' QUI FAIT MORT LINDEN DEMAIN ?
VAS-Y, DIS-LE-NOUS... HIPS !
OUAIS ! ...ON AIMERAIT BIEN SAVOIR !
JE VAIS BRAQUER UNE PUTAIN DE BANQUE !!
HA HA HA !
EUH ! N'IMPORTE QUOI !
JE VOUS EN PRIE !
DESCENDS L'ÉTRANGER ET VA CUVER TA BIÈRE !
ÉCOUTE... DEMAIN T'ALLUMES TON POSTE ET T'ENTENDS QUOI ? "HOLD-UP À LA "SONDES-CITY-BANK" !
... ET LÀ, TU VERRAS QUE T'AS OFFENSÉ LE PLUS GRAND CRIMINEL DE TOUS LES TEMPS : MOI !!
ALORS, C'EST QUI LE LOSER ?
HIIII !
C'EST... C'EST MOI !
C'EST BON ! IL A COMPRIS...
C'EST VRAI ÇA ?!
OUI... J'AI COMPRIS...
OK !!
HAAA !
HA HA HA HA !
HA HA HA !
VOUS VOYEZ CE QUE JE VEUX DIRE À PROPOS DE L'ALCOOL ?

Le lendemain, j'étais comme prévu à la "Sunset"...
SUNSET
ÇA MARCHE PATRON ?
La ferme Ducon et surveille les otages ...
Santo Labrowysh, un grand monsieur avec de la classe ...
HIN HIN HIN !
C'EST TOP-COOL ! ILS ONT COUPLÉ LES SÉCURITÉS DU 316 AVEC LE P.P.X. !
FÂCILE !
CLANG
ET VOILÀ, C'EST FAIT !
AAAH !
Le singe savant, c'est O'Brady...
...Un camé de la pire espèce... il tuerait ses riches parents pour une ligne...
ALORS, QUI C'EST QUI ASSURE ICI ?
ME CHAUFFE PAS, O'BRADY... ON N'AURA PAS TOUJOURS BESOIN DE TOI !
Sauf le respect que je dois au patron, un casse ça se fait avec des flingues, pas avec des ordinateurs ...
Ceci dit, son plan n'avait rien laissé au hasard ...
...Sauf que...
MORT LINDEN ! RENDS-TOI !!
?
?

SCB
SUNSET
CITY BANK
BANK
POLICE
ICI LE LIEUTENANT MADOCKS AVEC LES P'TITS GARS DE LA SECTION 15! VOUS ÊTES CERNÉS... DÉCONNEZ PAS, QUOI! ...
... ON VA SE FAIRE ÇA EN DOUCEUR... ÇA SERT À RIEN DE S'ÉNERVER... PAS VRAI, M'SIEUR LINDEN?!
J'AI RIEN EN VUE, CHEF ...
C'EST QUOI CE BORDEL?! D'OÙ IL CONNAÎT TON NOM?!
BIN... J'AI PEUT-ÊTRE UN PEU JACTÉ... HIER...
J'AI BU, C'EST TOUT ...
QUI M'A FOUTU DES ACOLYTES PAREILS?! J'ME CASSE LE CUL POUR DEUX TARÉS!
...MAIS J'AI RIEN FAIT MOI ...
CLAK
TA GUEULE!!
C'EST DÉGUEULASSE, C'EST LUI QUI FAIT LES CONNERIES ET C'EST MOI QUI TRINQUE! ...
OUI, MAIS TOI, T'AS PAS DE FLINGUE ET J'AI LES NERFS!
TU VOIS QU'ON PEUT PAS TOUT FAIRE AVEC UN ORDINATEUR ...
TOI, LA RAMÈNE PAS! TU NOUS AS MIS DANS LA MERDE, MORT LINDEN, À TOI DE NOUS EN FAIRE SORTIR!!
OK PATRON ...
KLAK
BUM

BOOM
PUTAIN, LES CONS!! IL LEUR FAUT FROMAGE ET DESSERT! ...
FEU!
BAKOW BAKOW
BUNK
BRAOM
TU ME PAYERAS ÇA, MORT LINDEN!! ...
BLAM BLAM BLAM
AH OUAIS?! ... QUAND ÇA?
PITIÉ ...
WLOUF
BUDDABUDDA BUDDABU
ALLÔ COMMISSAIRE? JE VOUS AVERTIS QU'ON VA DEVOIR DÉNOMBRER QUELQUES PERTES...

MERDE! JE FAIS QUOI?
TIRE ET FERME-LA!!
CLIK
ATTENTION LES YEUX!!
HAAAA!!
BROM
6
ALLEZ O'BRADY, ON SE TIRE!
BONJOUR MADEMOISELLE...
Euh... EXCUSEZ-NOUS...
HIIIII!
POLICE
15
TV65
65
LILY
COMPAGNE DE CRIMINEL
LIEUTENANT MADOCKS
65
LES MALFAITEURS SONT TOUJOURS EN CAVALE DEPUIS CE MATIN. ÉCOUTONS LA PETITE AMIE DE L'UN D'EUX ...
MORT LINDEN VOULAIT SE PLANQUER ICI, AVEC TOUTE LA POLICE AU CUL!
RAS-LE-BOL DES PLANS GALÈRE!
AVEC LES P'TITS GARS DE LA SECTION 15, ON EST REMONTÉS À BLOC! ILS VONT AUX ENTREPÔTS...
...ON VA LES CUEILLIR EN BEAUTÉ!

QUAI 63, C'EST LÀ QU'ON RÉPARE LES VAISSEAUX INTERSTELLAIRES. LES CAISSES REMISES AUX NORMES ATTENDAIENT LEURS PROPRIOS ...
63
ATTENDS, TU SAIS PILOTER ?!
J'APPRENDRAI SUR LE TAS ! ALORS TU MONTES OU QUOI ?
TU ME LAISSERAS PAS... MAIS TU ME FERAS PAS PRENDRE CETTE BOMBE VOLANTE !
VOUS LES CAMÉS, VOUS ASSUREZ JAMAIS !
ET LE PROBLÈME AVEC TOI C'EST QUE T'ES CON !
M'INSULTE PAS O'BRADY, MOI JE FAIS PAS PARTIE DU MILIEU... JE SUIS PAS UN FILS À PAPA QUI S'ÉMANCIPE !
MOI J'AI CHOISI LE CRIME PAR CONVICTION... JE SUIS PAS UN MALFRAT CONGÉNITAL QUI SE FAIT LARGUER PAR SA NANA !
O'BRADY ÉTAIT ALLÉ TROP LOIN. DE TOUTE FAÇON, FAIRE UNE CAVALE AVEC UN CAMÉ C'ÉTAIT PAS RÉALISTE...
...ET PUIS, J'AI PAS À ME JUSTIFIER !

Achmé tché ORF ermé a ash PRAAT!
8

SKEE
Apaïk ORF ferkhim oth ar PRAAT!
9

SKEE SKEE
TONG
Snif !
KROONNN
MADOCKS ET SES "PETITS GARS" M'AVAIENT BOUSILLÉ MON DÉFLECTEUR QUAND J'ENTRAIS DANS L'HYPER-ESPACE... DU COUP, J'AVAIS MÉCHAMMENT RIPÉ...
EXIT
PUTAIN DE PORTE !
KROO
Hërf torch, harkö kfär !
EMERGENCY EXIT
AIDE-MOI AU LIEU DE ME REGARDER COMME UN IDIOT !
11

...NNNNNG
HÉ?
Ockü ftäz...
J'ESPÈRE QUE TU SAIS OÙ ON EST PARC'QUE MES INSTRUMENTS DE GUIDAGE SONT HS...
VISIBLEMENT, IL NE PARLAIT PAS UN LANGAGE CONNU...
Tchäz ar moctkäz...
APPAREMMENT, JE N'ÉTAIS PAS TOMBÉ SUR QUELQU'UN DE TRÈS CIVILISÉ...
QUEL GÂCHIS... VOUS AVEZ DES FUSÉES DANS VOTRE TROU PAUMÉ DE L'UNIVERS?
...OU UN BON MÉCANO À LA LIMITE...
Hut...oiseau heyn kmeit feu, phüol tö ciel!
...MON TRADUCTEUR SIMULTANÉ MIT UN TEMPS FOU À SE CALER...
JE VIENS DES ÉTOILES... TRÈS LOIN... ET JE DÉSIRE PARLER À TON CHEF!
JE SUIS D'ACCORD...
HÉ?
HEU... PAS SI VITE!
ÉTRANGER, TU AS DE PETITES PATTES...
12

EXCUSE-MOI, MAIS... POURQUOI IL EST VIVANT TON BESTIAU ?!
QUE VOULAIS-TU QUE J'EN FASSE ?
SI C'EST POUR LE BOUFFER, TU PEUX LE TUER... ÇA SERAIT PLUS FACILE À TRIMBALER...
NON !
CAR IL EST INTERDIT DE TUER !
ENFIN... C'EST IDIOT ! MÊME SI TU LE MANGE VIVANT, IL VA FINIR PAR...
TAIS-TOI ! TES INSINUATIONS SONT DÉPLACÉES... TU RESTERAS DONC MUET JUSQU'AU VILLAGE !
TOUT LE TRAJET J'AI TENTÉ DE L'IMAGINER MANGEANT SANS DONNER LA MORT...
...MAIS J'AVAIS BEAU GAMBERGER, RIEN À FAIRE !
...ET PUIS SOUDAIN, ON A FINI PAR ARRIVER !
EUH... C'EST UN VILLAGE, CE... TRUC ?
13

ÇA SCHLINGUE ...
... C'EST QUOI, TON NOM ?
WOOOSHHH
JE SUIS BAR-KSAÏ ...
... CELUI QUE L'ON SURNOMME LE FOU-SAGE !
TCHAK
HÉ ! T'AS TUÉ TON BESTIAU ! TU M'AS RACONTÉ DES CONNERIES, TOUT À L'HEURE ?
TCHOK
LE COUPLE DIVIN, ORF ET PRAAT, EST PARENT DE TOUTES CHOSES...
... IL NOUS EST INTERDIT DE TUER LEURS ENFANTS ! ...
KRA
... MAIS LE NAO, LIEU MAGIQUE, NOUS SOUSTRAIT AU REGARD DES DIEUX !
15

ET MAINTENANT QU'ON EST HORS DU NAO, TES DIEUX, ILS PEUVENT...
OÙ VOIS-TU UN ANIMAL ?
CE QUE TU TIENS NE SONT QUE DES CARCASSES SANS VIE !
À PRÉSENT, DONNE LA NOURRITURE À UN ENFANT. JE VAIS TE MONTRER À VENARPÂN, MON PÈRE.
AH OUAIS, IL HABITE CETTE BARAQUE ...
NON... ICI, C'EST LA MAISON DES ADULTES... MON PÈRE PRÉSIDE DANS LE DÔME CENTRAL.
QUI EST CET ÊTRE VIVANT ?
BAR-KSAÏ, POURQUOI AMÈNES-TU UN ÉTRANGER DANS LE VILLAGE ? RESPECTE-T-IL LES USAGES ?
ALORS IL N'A PAS SA PLACE ICI...
CE N'EST PAS UN DES BOIS !
... IL NE CONNAÎT MÊME PAS NOS DIEUX ...
TAISEZ-VOUS ! SEUL VENARPÂN NOTRE CHEF À L'AUTORITÉ D'EN DÉCIDER !
VIENS, MORT LINDEN ...
... PAR CETTE VOIE, NOUS ENTRERONS DANS LE DÔME !

BAR-KSAÏ, MON FILS, QUE M'APPORTES-TU LÀ ?
UN PETIT HOMME...
JE SUIS MORT LINDEN...
Y A-T-IL DES PEUPLES PLUS CIVILISÉS SUR VOTRE PLANÈTE ?
MAIS QU'ENTENDS-TU PAR : "PLUS CIVILISÉS" ?...
BIN... QUI VIVENT DANS DES VRAIES MAISONS, AVEC DES BAGNOLES, DES FUSÉES... TOUT, QUOI...
JE NE COMPRENDS RIEN... JE DOIS RÉPONDRE QUELQUE CHOSE ?
PÈRE, IL ME SEMBLE QU'IL PARLE DE DIRAPS...
LE DÉSERT DE DIRAPS ?! HOLÀ ! MAIS QU'EST-CE QUE JE PEUX BIEN EN DIRE ?
...DANS UN MOIS, C'EST LA FÊTE DE LA JONCTION...
BONNE IDÉE ! PENDANT LA FÊTE, L'ÉTRANGER POURRA INTERROGER LE GRAND FRÈRE !
...ET SUR CE, QU'ON M'APPORTE DES BAIES DE MORLOU ET DU GIBIER...
MAIS, IL N'A RIEN RÉPONDU... JE FAIS QUOI ?
POUR L'INSTANT, TU VAS MANGER !...

IL HABITE OÙ, LE GRAND FRÈRE, QUE J'Y AILLE ?!
DANS LA CAPITALE, C'EST NOTRE CHEF À TOUS !
...MAIS TU NE PEUX Y ALLER SEUL CAR TU N'ES PAS DES NÔTRES... D'AILLEURS TU DORMIRAS DANS UN ENDROIT NEUTRE ...
HEIN ?! PAS LE NAO, QUAND MÊME ?
MALHEUREUSEMENT SI... LE PLUS DUR, ÇA A ÉTÉ L'ODEUR...
LA NUIT DURAIT QUINZE HEURES, TRÈS VITE, JE N'AI PLUS EU ENVIE DE PIONCER...
QUELLE PLANÈTE À LA CON !
SEUL DANS L'OBSCURITÉ EXTRATERRESTRE, J'AVAIS DES IDÉES SOMBRES...
...CES SAUVAGES ÉTAIENT-ILS EN MESURE DE COMPRENDRE CE QUE J'ATTENDAIS ?
LA NUIT DEVENAIT GLACIALE. JE PENSAIS À UN BON BAIN CHAUD...
ET PUIS À LILLY...
...C'EST LÀ QUE J'AI EU LA RÉVÉLATION...
MERDE ! J'AI PAS ENCORE VU DE GONZESSES !!
ÇA M'A TRAVAILLÉ UN MOMENT ET PUIS J'AI REPLONGÉ...

TCHAK
RRRFFFSHHHHH
RRRFFFFFFSHHHHH
TU ES QUI, TOI? ffsss...
MORT LINDEN... JE CONNAIS BAR-KSAÏ ...
AMI! JE SUIS GERGISHKY, LA GUEULE CASSÉE.
AÏE!
ffSHH, QUAND JE CHASSE LE NOCTURNE, JE RENTRE AU MATIN ...
AH OUAIS ... ÇA SURPREND ...
19

Décidément, c'était pas le bon coin, avec des jours de 37 heures, l'attente de la fête allait être lourdingue.
Pour l'instant, je me fondais dans la populace. J'étais poli et je disais bonjour aux statues de M. Orf et Mme Praat le matin.
J'apprenais à presser le whülü, ce truc gélatineux qui sert à faire le feu...
...À éviter d'avoir l'épaule démontée par les tapes de Gergishky...
Le plus agréable, c'était de tuer les bestioles au nao... Ça défoulait !
Mais j'avais du mal à comprendre leurs façons d'autochtones... C'était aux vieux de s'occuper de l'entretien des bâtiments, de charrier le torchis...
...Alors que les gamins qui vivaient tout seuls s'occupaient de la bouffe et des bébés... N'importe quoi !
J'interrogeais les anciens sur l'existence d'un peuple moins... arriéré
Les premiers-nés ont le grand savoir
Oui bien ! Ils savent la matière ! ...
D'accord, mais est-ce qu'ils construisent des machines ?
Oui bien ! Ils construisent... Car ils furent aux côtés d'Orf et de Praat lors de la création du monde !
...Mais peut-être n'est-ce qu'une légende... oui bien !
...Ça m'avance ...oui bien !
Bref, il ne se passa donc rien jusqu'au jour où...
Un sanguinaire est pris de folie !

QU'EST-CE QU'IL RACONTE ?!
LE SANGUINAIRE EST PARFOIS INVESTI D'UN PARASITE QUI LE REND AFFAMÉ.
TOUT ÇA POUR UN STUPIDE VER SOLITAIRE?
DÉTROMPE-TOI,... SI ON NE FAIT RIEN, IL VA VIDER LA FORÊT !
DIS-MOI OÙ IL EST, ET JE LE PRENDRAI AVEC QUELQUES CHASSEURS !
J'EN SUIS.
ÇA ME DIRAIT BIEN AUSSI, UN PEU DE DISTRACTION ! ...
IL EST PROCHE... SOYONS PRÊTS !
C'EST UNE ARME, CETTE PETITE CHOSE?
PLUTÔT, OUAIS ...
SNRF
UUUURRHRHH
21

BLAM
BLAM BLAM BLAM
PAS TUER !!
EXCUSE... RÉFLEXE PROFESSIONNEL ...
IL REVIENT !!
ROARR
BLAM
KRAC
LA BRANCHE ! J'AI VISÉ LA BRANCHE ! ...
IL REPART !!
22

GUEULE CASSÉE ET MOI ALLONS ATTENDRE LA PROIE !
MORT LINDEN ET BAN-SHOÖT VOUS LE RABATTREZ VERS NOUS ...
JE VEUX BIEN RABATTRE MAIS QU'EST-CE QU'ILS VONT FAIRE APRÈS ?!
?! ...UN BRUIT ! ...
BLAM

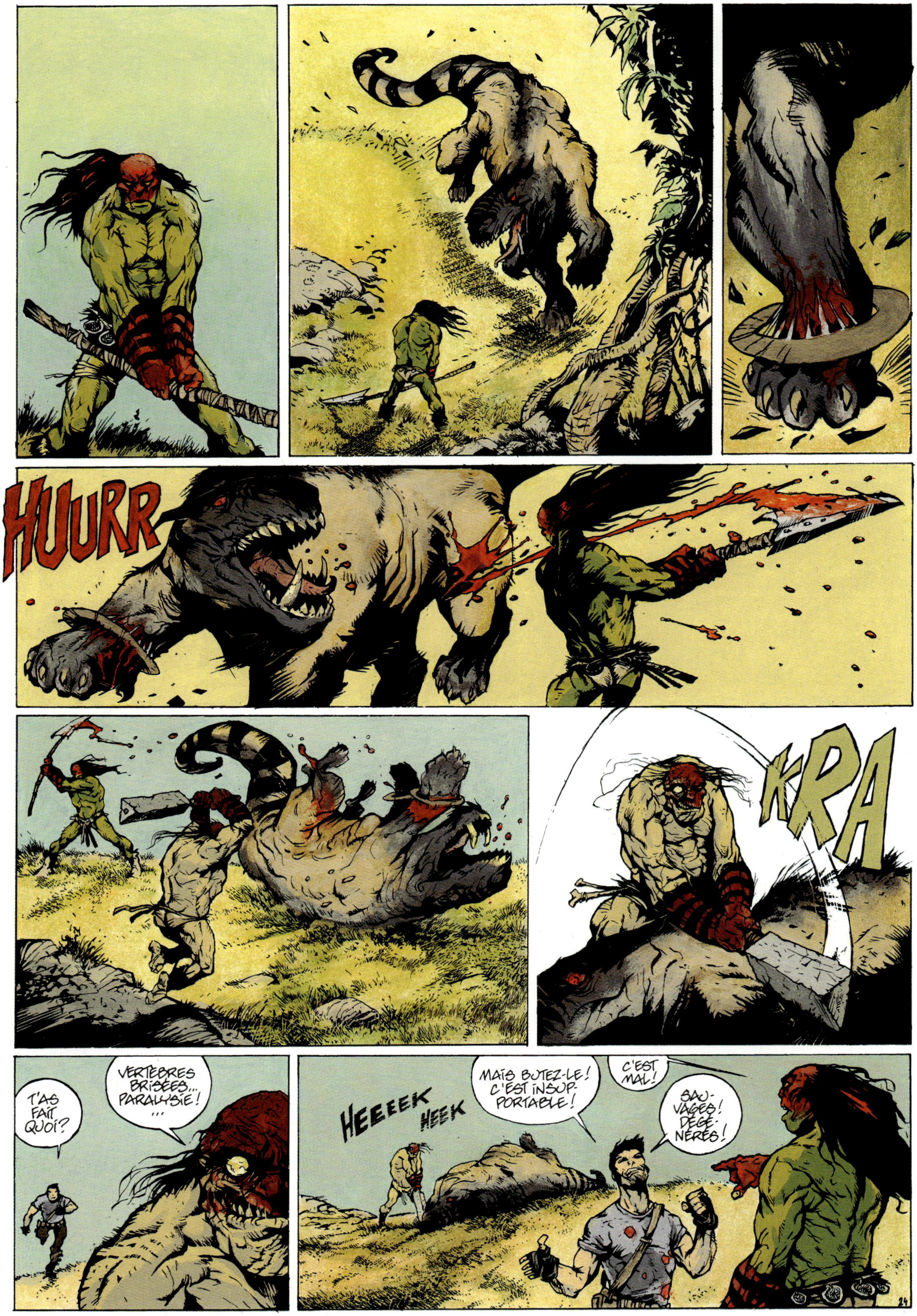
HUURR
KRA
T'AS FAIT QUOI?
VERTÈBRES BRISÉES... PARALYSIE! ...
HEEEEK HEEK
MAIS BUTEZ-LE! C'EST INSUPPORTABLE!
C'EST MAL!
SAUVAGES! DÉGÉNÉRÉS!

PUIS LE JOUR EST ENFIN ARRIVÉ OÙ LE VILLAGE S'EST VIDÉ.
AVANT, LE LEVER DU SOLEIL, TOUT ÉTAIT EMPORTÉ, VIVRES, ENFANTS ET VIEUX...
AVEC SIX HEURES DE MARCHE DANS LES JAMBES, NOUS AVONS COMMENCÉ L'ASCENSION VERS LES CIMES...
...ET VERS LA TANT ATTENDUE FÊTE DE LA JONCTION !

SALUT, VENARPÄN, QUI M'AMÈNES-TU DONC ?
IL VIENT T'INTERROGER SUR DIRAPS !
JE NE PEUX DIRE CELA QU'À UN ADULTE.
BIN, ET ALORS ?
...POUR ÊTRE UN ADULTE DES BOIS, IL FAUT SUIVRE L'INITIATION !
IL RACONTE QUOI LE GRAND FRÈRE ?
L'ADOLESCENT QUITTE LA MAISON DES ENFANTS ET VIT UN AN DANS LE DÔME CENTRAL...
UN AN ?! J'VAIS PAS Y PASSER MA VIE SUR CETTE PLANÈTE !
JE SIGNALE QUE CONTRAIREMENT AUX ENFANTS, MORT A PARTICIPÉ AUX ACTIVITÉS DU NAO ! POURRAIT-IL Y AVOIR DÉROGATION ?
HUM... L'INITIATION EST OBLIGATOIRE. MAIS VU CET ASPECT PARTICULIER, ELLE DURERA TROIS JOURS : ENFANT, ADOLESCENT, ADULTE !
LES PLAINES ! LES PLAINES ! ELLES ARRIVENT !

DES TAS DE FEMMES !!
C'EST LA FÊTE DE LA JONCTION ...
PIEDS-PETITS !
BAR-KSAÏ !
MORT LINDEN, VOICI LEÏ, DITE "PIEDS-PETITS" DU PEUPLE DES PLAINES ...
HI HI HI ! QUEL EST CET ÉTRANGE PETIT HOMME ?
HUM ...
... JE SUIS UN SPÉCIMEN TRÈS RARE ...
HOLÀ ! NE TOUCHEZ PAS À LUI, FFFSS, CE N'EST QU'UN ENFANT !
... VOILÀ POURQUOI IL EST SI PETIT, ALORS !
HEIN, QUOI ? QU'EST-CE QUE C'EST CE DÉLIRE ?!
C'EST BIEN CE QU'A DIT LE GRAND FRÈRE... PREMIER JOUR : ENFANT !
PAR CONTRE, TOI, TU ES BIEN ADULTE ! ÇA OUI ! ...
C'EST QUOI L'ARNAQUE ? LA SEULE FOIS OÙ IL Y A DES NANAS, IL FAUDRAIT QUE JE SOIS UN MÔME ?!
C'EST NORMAL QUE TU NE COMPRENNES PAS, FFSSSH ! TU N'ES QU'UN ENFANT !
HI HI HI !
DIS ENFANT, TU VIENS JOUER AVEC MOI ?
FOUS L'CAMP, PISSEUSE !!
27

C'EST LE PREMIER JOUR DE LA JONCTION, HOMMES ET FEMMES DANSENT POUR SE SÉDUIRE.
APPAREMMENT, TOI ET LEÏ VOUS EN AVEZ PAS BESOIN ...
À CHAQUE FOIS, J'AI PRIS LE FOU-SAGE POUR ÉPOUX, ET QUAND IL A DISPARU CINQ LONGUES ANNÉES, J'AI SU RESTER SEULE ...
QU'EST-C'QU'IL A FOUTU PENDANT CINQ ANS?
DANS SA JEUNESSE IL ÉTAIT FOUGUEUX, ON L'APPELAIT "LE FOU". PUIS IL PARTIT ET À SON RETOUR IL ÉTAIT "SAGE" ...
LEÏ... TU N'AS PAS À DIRE MA VIE À UN ENFANT.
HI HI HI HI!
C'EST MALIN.
APRÈS CETTE JAVA, JE M'ÉCROULAIS POUR MA PREMIÈRE NUIT HORS DU NAO... ÊTRE UN GOSSE, UN PEU D'INNOCENCE...
... ÇA CHANGEAIT!
28

MONSIEUR, MONSIEUR ...
IL FAUT ALLER AU DÔME !
VOICI LA SOEUR DU PEUPLE DES PLAINES ...
'LUT !
COMME CONVENU, NOUS FERONS TON INITIATION !
ALORS QUE JE ME TAPAIS LES RÈGLES SOCIALES, ILS SE PRÉPARAIENT AU MARIAGE...
JOLI...
DE MÊME QUE LA MAISON DES ADULTES EST OPPOSÉE À LA MAISON DES ENFANTS, DE CHAQUE CÔTÉ DU DÔME CENTRAL PAR UNE SYMÉTRIE DIVINE...
... LE NAO, LUI, EST OPPOSÉ AU TABOU : LE SECRET DES HOMMES OPPOSÉ AU SECRET DES DIEUX ORF ET PRAAT...
HEIN ?! C'EST QUOI LE TABOU ?
IL EST TEMPS POUR TOI D'ÊTRE CONDUIT DANS LE TABOU, TU DEVRAS GARDER LES YEUX CLOS ...
BIN... J'VAIS RIEN VOIR...
C'EST UNE CONNAISSANCE SPIRITUELLE AVANT TOUT ...
29

ARRÊTE-TOI, TU ES ENFIN AU TABOU.
CHIEN !! TU AS DÉSOBEI !
BIN... C'EST VIDE !
BIEN SÛR, CAR LES DIEUX N'ONT PAS DE SECRETS POUR NOUS !
...MAIS PROMETS-MOI DE NE RIEN DIRE... GARDE LA VIRGINITÉ DU TABOU.
...ALORS TU FERMERAS LES YEUX EN SORTANT !
...JE REGARDE LE RIEN ENCORE UNE FOIS...
VOUS VOUS ÊTES CHOISIS DANS LE RESPECT ...
JE VOUS UNIS JUSQU'À LA FIN DE LA JONCTION ! QUE LA FÉCONDITÉ SOIT VOTRE !
HÉ ! SERGISHKY A DEUX FEMMES !
IL Y A PLUS DE PLAINES... ET LA GUEULE-CASSÉE EST SÉDUISANT !
30

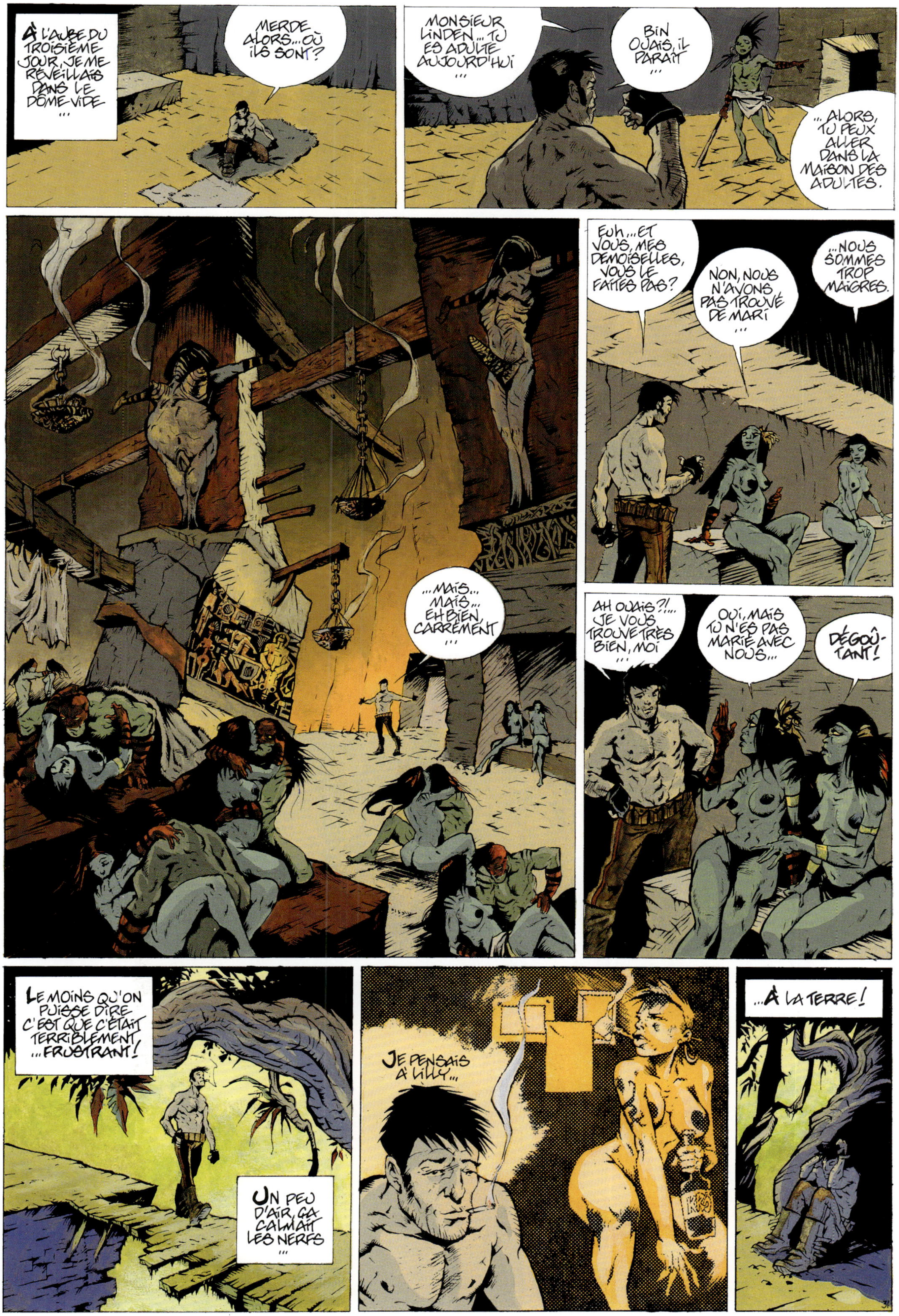
À l'aube du troisième jour, je me réveillais dans le dôme vide...
Merde alors... où ils sont?
Monsieur Linden... tu es adulte aujourd'hui...
Bin ouais, il paraît...
...alors, tu peux aller dans la maison des adultes.
...mais... mais... eh bien, carrément...
Euh... et vous, mes demoiselles, vous le faites pas?
Non, nous n'avons pas trouvé de mari...
...nous sommes trop maigres.
Ah ouais?!... je vous trouve très bien, moi...
Oui, mais tu n'es pas marié avec nous...
Dégoûtant!
Le moins qu'on puisse dire c'est que c'était terriblement ...frustrant!
Un peu d'air, ça calmait les nerfs...
Je pensais à Lilly...
...à la terre!

LE LENDEMAIN, PENDANT LA FÊTE DES ADIEUX, J'AI ENFIN PU AVOIR MES RÉPONSES...
NOUS ALLONS TE PARLER DES PREMIERS-NÉS DU DÉSERT DE DIRAPS !
CETTE HISTOIRE COMMENCE ALORS QUE NOUS, PEUPLES JUMEAUX, VIVIONS SUR LES ÎLES HOSTILES DE KWÄH...

LES PREMIERS-NÉS, PEUPLE MYTHIQUE, VIVAIENT EN COMMUNICATION AVEC ORF ET FRAAT.
ILS AVAIENT LE SAVOIR.
ILS SE RENDIRENT MAÎTRES DES ÉLÉMENTS, ILS DOMPTÈRENT LES ÉNERGIES DIVINES.
ALORS ILS PILLÈRENT LES RESSOURCES QUE LES DIEUX LEUR AVAIENT DONNÉES, ILS RECEVAIENT SANS EN RENDRE GRÂCE !
LES PREMIERS-NÉS CONSTRUISIRENT LA VILLE DE SATAL-OYÖK À LA GLOIRE DE LEUR GÉNIE. LÀ, ILS COPULÈRENT SANS RETENUE.
DEVENUS TROP NOMBREUX, ILS PARTIRENT VERS LE DÉSERT DE DIRAPS.
CONSTRUISANT DES CHARIOTS POUR LES ÉTOILES, CERTAINS QUITTÈRENT ORF ET FRAAT QUI LEUR AVAIENT TANT OFFERT.

C'EST ALORS QUE NOUS SOMMES ARRIVÉS SUR LE CONTINENT. ORF ET PRAAT VIRENT QUE NOUS ÉTIONS BONS.
ILS CONDAMNÈRENT LES PREMIERS-NÉS À L'IMMORTALITÉ, ENFOUIS DANS LES ENTRAILLES DU DÉSERT DE DIRAPS
POUR ÉVITER DE NOUS PERDRE COMME ILS AVAIENT PERDU LES PREMIERS-NÉS, ORF ET PRAAT NOUS APPRIRENT À RESPECTER LA VIE.
HOMMES ET FEMMES FURENT SÉPARÉS POUR NE PAS PROCRÉER DE FAÇON IRRAISONNABLE.
AINSI NAQUIRENT LES PLAINES ET LES BOIS...
...NOMMÉS PEUPLES JUMEAUX, NOUS FÛMES AUTORISÉS À NE SAVOIR QUE LES SECRETS DU TABOU. TOUTES LES CONNAISSANCES DES PREMIERS-NÉS, ENFERMÉES DANS UN TEMPLE, FURENT OUBLIÉES À JAMAIS !
33

LE COUP DU TEMPLE, C'EST UNE LÉGENDE OU C'EST VRAI ?
MAIS ?! TOUT CE QUE NOUS DISONS EST VRAI !
BON, OK... JE VEUX DIRE, ON PEUT Y ALLER DANS CE TEMPLE ?
OUI... MAIS C'EST JUSTE POUR BLÂMER LES PREMIERS-NÉS ...
ÇA TOMBE BIEN, J'AVAIS UNE SUPER ENVIE DE LES BLÂMER !
... SI TU Y TIENS, BAR-KSAÏ T'Y CONDUIRA.
33

J'ÉTAIS IMPATIENT... L'ESPOIR SE POINTAIT ENFIN. ÇA AIDAIT À SUPPORTER LE DÉPART DES PLAINES, LE LENDEMAIN...
...ET PUIS, ÇA A ÉTÉ AU TOUR DES TRIBUS VILLAGEOISES DES BOIS DE QUITTER LA CAPITALE...
SALUT LES GARS!
BLÂMEZ-LES POUR MOI...
HÉ, BAR-KSAÏ, ÇA T'FAIT RIEN DE LAISSER LEÏ?
JE LA REVERRAI POUR LA FÊTE DE LA SÉPARATION.
C'EST QUOI ENCORE?
DANS UN AN, LES BOIS VONT DESCENDRE DANS LES PLAINES. NOUS FÊTERONS LES NOUVEAU-NÉS. SI LEÏ M'A DONNÉ UN FILS, IL SERA CONFIÉ AUX ENFANTS DES BOIS, SI C'EST UNE FILLE, ELLE RESTERA AUX PLAINES...
ET IL Y AURA DU SEXE PENDANT LA SÉPARATION?!
VOYONS! IL FAUDRA ATTENDRE UNE AUTRE ANNÉE POUR LA JONCTION...
JE SERAI PARTI, D'ICI LÀ...
ÇA GEIGNAIT DE PARTOUT DANS CETTE FORÊT DE CAUCHEMAR.

MERDE! C'EST NOTRE TEMPLE! ON FAIT QUOI?!
NOUS ALLONS LES FAIRE FUIR GRÂCE AU WHÜÜ!
KSSHHH
KSSSHHHHHHHHH
PUTAIN, ÇA LES ÉNERVE, TON TRUC!
AVANCE TRÈS DOUCEMENT ET CELA IRA... J'ESPÈRE! ...

HAA!!
RHAA!
ARRÊTE! IL Y EN A À L'INTÉRIEUR!
BON! ÇA SUFFIT LES CONNERIES... J'EN AI MA CLAQUE!
BLAM
BLAM
BLAM
BLAM
KSSHH!!!!
36

LINDEN ! TU N'ES QU'UN IMPIE ! TU AS TUÉ !
ET EUX ?! TU CROIS QU'ILS EN ONT À BATTRE, DE ORF ET PRAAT ?
VOTRE RELIGION COMMENCE À ME COURIR ! VOUS BAISEZ À HEURE DITE, C'EST BIEN CLOISONNÉ VOTRE TRUC ! BIEN HYPOCRITE AUSSI !!
C'EST TOI QUI ES HYPOCRITE ! TU REFUSES LES RÈGLES !
C'EST QUOI VOS RÈGLES ?! UN NAO OÙ ON SE CACHE POUR FAIRE DES CONNERIES ET LE TABOU QUI EST PLEIN DE VIDE !!
HO !
EUH... DÉSOLÉ... J'AVAIS PROMIS DE NE RIEN DIRE.
...AVANT D'ÊTRE LE FOU-SAGE, J'ÉTAIS LE FOU... MOI AUSSI, J'AI DÉSOBÉI.
HA HA HA HA !
TAIS-TOI DONC, CECI N'EST PAS DRÔLE... IMPIE !
BON, OK... ALORS DISONS QUE TU N'AS PAS OUVERT LES YEUX ET QUE MOI JE N'AI PAS TUÉ... ÇA VA ?

HÉ... MAIS ?
UN ORDINATEUR ! JE RÊVE !
BARKSAÏ !
MON DIEU !!

UN RÉACTEUR! UN RÉACTEUR! BAR-KSAÏ, TU TE RENDS COMPTE DE CE QUE ÇA REPRÉSENTE?! ...
OUI... LE MAL ...
MAIS C'EST L'ESPOIR ENFIN DE QUITTER CE BLED POURRI! IL Y A DES FUSÉES AU DÉSERT DE DIRAPS, DE VRAIES FUSÉES! ...ALLONS-Y TOUT DE SUITE...
NON!
NON?! QU'EST-CE QU'IL Y A ENCORE ?!
JE NE PEUX PAS T'EMMENER AU DÉSERT DE DIRAPS ET NE ME DEMANDE PAS POURQUOI ...
PUT... TU VAS M'Y CONDUIRE, ENFOIRÉ D'EXTRATERRESTRE! ET CETTE FOIS-CI TES DIEUX JUMEAUX N'AURONT RIEN À Y REDIRE!!
KLIK
ORF ET PRAAT N'ONT RIEN À VOIR LÀ-DEDANS, C'EST MOI QUI NE VEUX PAS...
OUCH
...MAIS UN AUTRE CHASSEUR POURRA T'Y CONDUIRE!

PENDANT TOUT LE CHEMIN DU RETOUR, IL RESTA MUET COMME UNE PORTE DE PRISON.
ARRIVÉS AU VILLAGE, ON ME REFILA UN CHAPERON DE TAILLE. GERGISHKY!
MAIS AVANT DE PARTIR EN VOYAGE, IL FALLAIT ENCORE PERDRE DU TEMPS À CHASSER. N'AYANT PAS DE NAO PORTATIF, NOUS NE POURRONS PAS TUER DE GIBIER EN ROUTE.
J'INTERROGEAI GERGISHKY SUR LE REFUS DE BAR-KSAÏ...
...IL Y A CINQ ANNÉES QUI SÉPARENT CELUI QU'ON NOMMAIT LE FOU... DU FOU-SAGE!
JE SAIS, PIEDS-PETITS M'EN A PARLÉ...
PENDANT CES CINQ ANNÉES, IL Y A UN TROU DANS LA VIE DE BAR-KSAÏ, QUE PERSONNE NE PEUT SONDER. FFSSHH... LA RAISON DE CE REFUS EST PEUT-ÊTRE AU FOND...
LE TEMPS PASSAIT... INEXORABLEMENT... NOUS RAPPROCHANT TROP LENTEMENT DU DÉPART...
...L'ESPOIR REND PATIENT...

¡¡AAA!!!
LES VILLAGEOIS NE SE DÉFENDENT PAS! QU'EST-CE QU'ILS FOUTENT?!
PAS LE DROIT!
TOUS AU NAO!!

BLAM BLAM BLAM
LE FOU! IL EST ICI!!
LÂCHEZ LES AUTRES! TOUS SUR LE FOU!!

LE FOU!
LE FOU!
LE FOU!
BLAM
CRAK!
BIENVENU AU CLUB, BAR-KSAÏ! SI TU VEUX DU RÉPONDANT, J'AI CE QU'IL FAUT DANS LA FUSÉE! ...
BLAM

POURSUIVEZ-LES! BANDE DE COUILLES MOLLES!

PROCHAIN ÉPISODE : "CEUX-DES-MONTAGNES"
OMOND - MARTY - BEULEZIN - 99
Lettrage : JM MAYER